把快樂分享給傷心的你

捲捲──圖·文

自序
成為彼此的溫暖

小時候父母總會認為，畫畫沒前途，導致我在求學過程，無論是國中畢業那年、還是高中填志願那次，都沒有成功爭取到唸畫畫相關的科系。但是自從開始在 Instagram 分享自己的創作後，一切都不一樣了，父母漸漸對於「畫畫」這件事有所改觀，開始認同我、支持我。

雖然我沒有專業背景，也沒學過畫畫相關知識，偶爾還是會覺得有些可惜，但也好像只是換了另一種方式，做自己喜愛的事而已。

從高二那年開始在網路上創作，到如今大學畢業，變成剛出社會的職場新鮮人，短短6年的時間，說長不長、說短不短，我在生活中經歷了很多那些課本不會教的事。當我遇到了挫折，覺得徬徨無措、難以釋懷時，沒有人能教我怎麼做，只有自己摸索。

在逐漸邁向成人世界的過程中，心態一定會有所改變，說從一而終、莫忘初衷其實是騙人的，人怎麼可能不會改變呢？改變不是不好，而唯一不變的是，做你喜歡做的事就對了。

無論你多麼渺小，生活都會因你的努力而改變。因為挫折，是上天給我們成長的機會。

人的情感是錯綜複雜的，畫畫就像是我生命中的出口。偶爾在我陷入低潮、走不出黑暗的漩渦時，很多網友替我加油打氣，儘管只是一句「加油」，都是讓我持續前進的力量。我想，這可能就是我想繼續創作的動力吧！因為關鍵時刻有人給予我力量，讓我不至於倒下。我希望藉由這本書，傳達一些內心的想法，並且把快樂分享給在創作路上，一路給予我支持的你們。

Contents

Chapter <1>

有時候，
只是想找人說說話

有時候真的好想

躲在一個沒人找得到的地方

彷彿被全世界孤立的你

有的時候會覺得，彷彿全世界都孤立了我，
這世界好像只剩下自己一個人。
好想去一個不用見到人的地方，
不用笑，不用與人接觸，不用講話，更不用面對。
不用面對生活的壓力，不用面對往後的日子，
不用面對那個悲傷、不太好的自己。
我知道我在逃避，
我想振作，但振作不起來，
現在的狀態根本沒辦法面對。
情況很糟、世界很糟糕，我更是。
好想躲到一個，沒有人找得到的地方。

搞搞說說：
沒事的，
坦然接受
狀態不好的自己吧！

交友厭倦期

① 不想認識新朋友

② 覺得要從頭了解一個人很麻煩

③ 與其要有人陪，早已習慣自己一個人

交友厭倦期

以前每到了一個新的環境，
會很努力地想交很多朋友，
認為朋友越多越好，感覺比較有人緣，
但後來發現，
朋友還是知心的幾個就好。
漸漸開始不太想討好別人，
價值觀和自己不同還要勉強去迎合對方，
真的有點累，
現在的我更愛與自己相處，覺得一個人輕鬆自在。

捲捲說說：

朋友其實
重質不重量。

偶爾還是會懷念

已經不再聯繫的好朋友

曾經很要好，
但已不再聯繫的朋友

也沒有吵架，只是漸行漸遠了。

畢業了以後，

彼此有了新的生活、新的交友圈，

忙著自己的社團，過著新的、截然不同的生活，

彼此都交了新的朋友，

彼此都沒主動聯絡誰，

其實也沒有吵架，只是我們已經不再是以前那樣的關係了。

偶爾的偶爾，

還是會懷念以前那麼要好的我們，

也有點希望，如果可以，現在的我們還是和當初一樣要好。

真正關心你的朋友

只想聽八卦的朋友

關心跟八卦只有一線之隔

關心跟八卦只有一線之隔。

有時候其實可以很容易分得出來，

當你發生了一些事，

哪些朋友是真的想關心你，哪些只是想聽你八卦而已。

只想聽八卦的朋友，

只想知道「你發生的事」，

完全不在乎你的心情。

而目的達成後，

並不會給予你實質的建議或是安慰的話語。

而真正關心你的朋友，

會把你的感受擺在第一順位，

不會讓你覺得只是想知道你發生了什麼事，

他是真的在乎你、是真的想關心你的，

體恤你的心情，耐心地聽你的想法，並且一直陪伴在你身旁。

如果可以 多留意點心、
顧及一下別人的感受

沒有人喜歡被忽略的感覺

沒有人喜歡當局外人

沒有人喜歡當局外人，
沒有人喜歡被忽略的感覺，
其實每個人都曾經「嘗試」過不當個局外人吧？
但總會因為自己的尷尬與融入不了而退縮，
漸漸地，你會覺得，
那就自己一個人吧！
反而還比較輕鬆自在。
有時候，三人行也存在著某部分的悲哀。

捲兒說說：

不是你不好，
而是他們不適合你。

有些人
適合剛剛好的距離佳

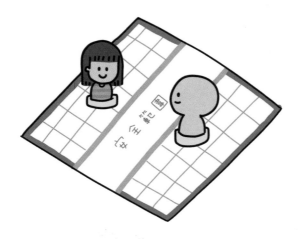

距離太近 反而會看得太多

不是每個朋友都適合深交

「君子之交淡如水。」
不是每個遇到的人都適合深交，
距離太遠，沒辦法看見他的好，
但靠得太近，或許就沒你想像中的好了。
有的時候，你很想了解一個人，
但了解之後，
卻會發現有點距離，關係才比較美好。
剛剛好的距離，
就是最適合的關係。

適度的保持一些距離

才能維持住最好的關係

再好的關係，
也得保持一點距離

即使是再要好的關係，

彼此都要擁有自己的界線。

任何關係都一樣，

適當的退一步，

反而能讓一段關係更輕鬆自在，

太過於親近的關係，

會扭曲原本應該有的尊重。

捲說說：

再好的朋友也一樣！

難過了，可以哭

最後記得好起來就好。

難過可以，
但不可以太久

「難過可以，但只能一下下喔。」
沒有人不准你哭，
是人都會累，沒有誰可以堅強一輩子。
不用害怕自己脆弱的一面，
我只要你記得最重要的一點，
就是哭完以後，
把眼淚擦乾，
然後重新振作起來，就可以了。

我是個很少主動聯繫朋友的人

♥	**高中好姐妹** ♥ 真的超好笑 XD	下午8:01 ⑤
	閨蜜 ♥ 妳看這個!!!	下午7:52 ②
	小廢物^^ 晚安拉～～～	下午7:36 ②
42	**班群(42)** 🔇 已傳送了貼圖	下午3:07
🏠	**家人們(4)** 已傳送了貼圖	下午12:25

所以我會找的
一定都是很重要的人

朋友不多，
但都很重要

平常我是一個很懶的人，
懶得社交、懶得交朋友，甚至懶得回覆訊息，
更懶得維持與他人的關係。
常常覺得我的朋友不多，
但要找，一定都找得出來。
或許把時間和力氣投入在值得讓你付出的人身上，
對於我這個懶人來講，
適合許多：)
我不太主動聯繫別人，
所以我會找的，一定都是我覺得很重要的人。

最好的友誼關係是

互相幫助、彼此需要。

好朋友就是——
彼此需要、互相幫助

朋友之間除了頻率相同、個性契合或是互補很重要之外，

能不能彼此成長、相輔相成也很重要，

假如都是只有一方在給予，

另一方總是被給予，

這段關係自然不會長久。

給予的那方會累，

他們也是需要被支持的。

最好的友誼關係就是，

彼此都需要彼此的「價值」。

真正舒服的友誼關係

是能互相傾聽彼此的心情

而不是一味只講自己的事

朋友是互相的

朋友本來就是互相的，
你願意傾聽我的感受，
我必定更重視你的心情。
但身邊往往不缺乏的就是，
永遠只講著自己的事，不懂互相往來，
就只想找個宣洩自己情緒的出口，
而不願傾聽別人的人。
其實不單單只是友情，
任何聯繫都是。
我們都是單一毫無關聯的個體，
唯有真的想真心去了解一個人，
才能得到一段舒服的相互關係啊。

好朋友就是

你難過我安慰你

我難過了

換你安慰我

如果很不巧的

 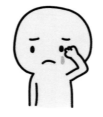

我難過的時候
你剛好也在難過喔!

那就互相陪伴

好！

我們都要

好好的

一起堅強起來吧:)

成為彼此的需要吧！

當自己都自顧不暇了，

哪有多餘的力氣可以安慰別人？

你會發現，

如果當你在和朋友訴說難過的時候，

朋友剛好也在生活中面對了挫折，

這時候，別過度依賴誰，不是每個人時時刻刻都是堅強的。

如果可以，希望彼此當彼此最堅固的後盾。

互相安慰對方，

然後繼續努力向前，

大家都要好好的。

Chapter
< 2 >

那些
長大才懂的事

負面能量就是

就算已經努力想要擺脫掉它
卻還是不斷跑出來吞噬掉你

負面能量

負面能量就像壞病毒，
不斷吞噬你的「快樂」細胞，
無論你多麼努力想要擺脫、
多麼努力想去抵抗，
你都發現自己做不到。
真的很討厭這種無能為力的感覺。

搖搖說說：

其實比起擺脫，
坦然接受更重要。

擁抱低潮的自己

假如你沒辦法讓它消失，不如就試著接受它。

每個人都會有情緒低潮、負面能量的時候，

即使再快樂的人也是一樣，

與其排斥它，不如就與它和平共存吧！

因為這就是你的一部分啊。

好好愛自己，

愛那個即使正處在負面能量的你，

接受那個不完美的自己。

很多話當面講
沒辦法完全把想法表達出來

但打字就可以。

一個不擅長言語表達的人

我是個不擅長言語表達的人。

常常會覺得言不及義，

沒辦法把我內心想表達的感覺完整的說出來。

或許對有些人來說，

表達想法和感情很容易，

可對我來說，

要找到恰當的言語來闡述自己的心情和感覺需要一點時間。

這些人可能會的詞彙不多，但不代表不聰明；

可是不太會表達自己，或許會有些吃虧。

其實「表達」是需要練習的，

練習把自己的感受，化成言語，

勇敢地表達出來。

或許剛開始會有些彆扭，

但會越來越好的。

捲捲說說：

有時候會羨慕
能言善道的人。

想講的
明明這麼多

表達出來的
卻是這樣

討厭自己不太會說話

好討厭這感覺。

捲捲說說：

用打字的話
我就可以>_<

不常把心裡話說出來
是因為我覺得

說了沒有人會在乎
也沒人會懂。

常常覺得沒有人懂我

其實我們都嘗試過，
試著想把心裡話講出來給人聽，
但又覺得，心裡話是不是也沒那麼重要。
或許其他人不太在意你的心情到底怎麼樣，
或許對方給你的回答，會讓你覺得不被理解。
不常把心裡話講出來的人，
會不會其實早就脫口而出了，
只是沒有人在乎，也沒有人懂。

搖搖說說：

或許不是沒人懂，
而是還沒遇見那個
能懂你的人。

也許生活就是

儘管心情再怎麼低落

也要假裝沒事一樣

不是每個情緒都能表達出來

因為生活不允許我們這麼做，
你不能把情緒帶給不相干的其他人，
不能總是讓他人接受你的壞情緒。
有時候你還沒解決現在的心情，
更多更多瑣碎的事情就立馬接踵而來，
好像根本沒有讓你消化的時間。
也許生活就是要你假裝堅強，
假裝你還沒被打敗一樣。

當你擁有了什麼
必定會失去些什麼。

不是每件事都能兩全其美

人生不是完美的，
即使你用盡全力了，
也依然無法完全擁有所有你想要的東西。
不要去執著你缺少了什麼，
而是該專注於維護你所擁有的東西才對。
有得必有失呀！

豬說說：

知道自己盡力了就好。

當有人問起我怎麼了

我以為我會這樣

但最後往往都是這樣

不是每個委屈，
都會有人理你

小時候心情不好，有人會來安慰你。
長大後發現，
不是每次哭鬧都有人安慰，
不是每個人都會關心你的心情，
不是每個情緒都可以表達出來，
更不是每個人都能理解你的感受。
即使心情再怎麼不好，
也要假裝沒事一樣。
因為怕說出來了，
也沒人會懂。

有時候你真心對別人

別人不一定真心對你

不是每個真心都會得到對等的付出

別人說的話，我從來不會太認真。

不是說敷衍了事面對他人，

而是以不傷害到自己為原則。

字字句句、過度揣測他人一句話的意思，沒有意義。

因為除了說話的那個人，

沒有人會知道對方那一句話真正想表達的是什麼。

所以啊，

交給別人真心之外，

也要能判斷這個人是不是真心對你。

其實沒有誰有義務要一直
承受別人的壞情緒。

沒有誰有義務承受你的壞情緒

別只想把自己的牢騷發完，
理所當然地以為對方就得接受你的負能量。
人是互相的，
我講過很多次了（喂～是在兇幾點的），
沒有誰有義務要接受別人的壞情緒。
抱怨完之後，
也該站在對方的角度想想，
問問對方是否過得好？是不是也有話想說？
一定要讓他知道，你也可以是他的聽眾。
即使再好的人，久了也是會累的。

三人行最尷尬的時候

出去吃飯的時候

老師說要兩兩一組的時候

搭遊覽車的時候

走路走在一起的時候

你一定遇過的三人行

一個人輕鬆自在，
兩個人剛剛好，
三個人就太擠了。
愛情是這樣，
友情亦然。

換說說：

當過
「第三個人」嗎？

大一 ⟶ 大四

就是從不習慣一個人到慢慢習慣一個人的過程

上了大學，
學會習慣一個人

以前總覺得自己一個人好彆扭，沒有人陪總是感覺很孤單。

現在反而覺得一個人沒有不好，甚至很輕鬆。

上了大學，就是得學會和自己一個人相處。

以前總是三五成群，

吃個飯還要討論個老半天，

做什麼都要顧慮別人的想法。

漸漸地，

你會習慣一個人去上課，

一個人買飯、一個人吃晚餐。

想去哪、就去哪，偶爾會找個朋友陪，

但其實更多的時候都是自己一個人。

捲捲說說：

剛開始會很不習慣，
適應後就會很輕鬆了。

自己一個人久了

有沒有人陪 好像也無所謂了

人總要習慣獨立的

以前總覺得做什麼事都要有人陪，
但漸漸會覺得，
其實也沒那麼需要了。
雖然有的時候，還是會感到一點寂寞，
但比起有人陪，自己一個人好像比較自在。
不用顧慮其他人感受，不用委屈自己配合別人的想法。
一個人經歷的事情多了之後，
好像也沒有一定非得跟誰在一起了。

捲³說說：

獨立其實沒那麼可怕。

學著別把別人的話看得太重

就算費盡心思去揣測它背後的意義
也無法了解人家真正的想法。

不要太在乎別人說的話

學著雲淡風輕他人口中的字字句句，
別太過執著別人說的話，
因為這世界上有太多的口是心非，
太多的言不由衷。
就算努力想瞭解人家一句話的意思，
問出來的答案，也不見得是真的。
畢竟除了說話的那個人，
沒有人能瞭解那一句話背後真正的原因。
用不著過度去在意，
畢竟人與人之間太過透明，也不太好。

做一個善良的人很好

但是太善良 容易被欺負

太善良，會被欺負

如果可以的話，
希望我們每個人的善良，
都能被這世界更善良地對待。
有的人總是太替別人著想了，
常常因為遷就著他人，
就委屈了自己。
善良是好事，
但有時候要記得想到自己。
做個善良的人，但必須要保護好自己。

「你的生活過得好快樂」

那是因為你沒看到我的不快樂。

你所看到的快樂並不是真的快樂

凡事都有一體兩面，

你看到別人的快樂，

只不過是他藏起了他的不快樂罷了。

在網路社交盛行的時代下，

大家都只po出人生中美好的部分，

讓人覺得好像別人的生活都過得比自己好、比自己幸福，

但那往往都是包裝出來的，

是人都會難過，都會有負面情緒，

沒有誰是很快樂、很快樂的。

成全了別人

委屈的往往是自己

成全了一個人，
也會委屈一個人

你總是這樣，

處處替人著想，

顧慮的太多，

困擾的往往都是自己。

我知道你是個不喜歡勉強別人的人，

所以選擇一再退讓，

勉強的，每次都還是自己。

捲阿說說：

善良很好，
但別讓別人
認為是理所當然。

很多事情並沒有誰對誰錯

只是看事情的角度不一樣

很多事情並沒有絕對的對與錯

小時候認為這世界上一定有是非對錯，
長大後你會發現，
很多事情並沒有一定的答案與對錯，
所以你不能硬是強求，要別人認同你的想法，
並全權否定他人就是錯的，
你們只是看事情的角度與決定事情的立場不同而已。
每個人都有自己的思維和選擇，
也都是獨立思考的個體，
要學會站在別人的立場去思考，
去體諒別人看事情的角度。
所以學會理解他人的立場，
也是一種尊重他人的行為。

這是表面上的她

看起來光鮮亮麗

但你不知道的是

她父母離異
打工賺錢扛家計
患有憂鬱症

這是表面上的他

看起來普普通通

但你不知道的是

他精通各國語言
T大法律系畢業
擅長爵士鼓

一個人的價值，
不是表面就能定義的

不是每個人表現出來的，

就能定義他的全部。

那些看似生活過得快樂富足的人，

也都曾經有過令人心疼的傷痛；

那些外表看似不起眼的人，

其實都擁有讓人佩服的一技之長或是過人之處。

不要因為一個人的外表，

而去決定他人的價值。

當你羨慕別人光鮮亮麗的成就時

也必須了解他背後做了多少努力

令人羨慕的背後，是努力

很多人只會一味羨慕、渴望別人的成就，
卻不會知道他們在成功的背後做了多少努力，
因為努力才不會表現給你看，只有自己知道。
少抱怨多做事，
做就對了啦！
越是難得到的東西，
更要堅持下去。
腳踏實地，
一步一腳印，
才會發光、發熱。

有很多時候
明知要勇敢，卻總是退縮不敢面對
明知要努力，但總是力不從心

即使你不想，但還是得前進

其實生活中有很多迫不得已，
它不會理你是不是沒辦法面對新的事情，
不會理你是不是遇到什麼挫折還沒爬起來，
更不會理你，是不是受了傷還沒癒合完全，
它只會逼著狀態不太好的自己必須前進。
往往很多時候，
知道要勇敢面對生活給的種種刁難，
也知道自己必須、也應該努力前進，
但卻會害怕得不敢面對。
沒關係的，
知道自己已經很努力很努力了，
那就好了。

捲毛說說：

因為沒有人能永遠
保持在最佳狀態。

覺得進步很難沒關係

其實能夠
維持下去就已經很厲害了。

沒有退步，
其實也是一種進步

欸，

已經很棒了啦！

不用逼自己一定要進步，沒關係的啊！

而且，

就算退步一點點，那又怎樣！

休息一下，充飽電，

再往前就可以了。

其實，

維持下去，也是一種進步啊。

有種女生
或許外表不怎麼亮眼

卻能被很多人喜歡。

有一種女生

有一種女生，
你要相處過後，才能知道她的好。
這就是為什麼常常可以看到，
很多長相不是那麼出眾的女生，
身邊的追求者總是不少。
那是因為她做什麼事都很認真，
很善良、很愛笑，
脾氣也不差。
漸漸地總會被她的「內在」吸引，
而覺得她很美。

豬說說：
而且是連女生
看了也會很喜歡的
那種女生。

每個月都會經歷的

第二天。

撐了說說：

心情總是低落……

外表看似愈堅強的人

你以為他是這樣

但他其實是…

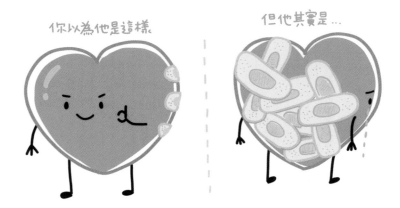

內心往往都是愈脆弱的

誰都會受傷，
也怕沒有人在乎

表面上越是開朗的人，

心事往往越多。

因為他們很少表露自己，

容易習慣性地先去顧慮他人的感受。

常常先去關心別人，自己總是留到最後，

最後的最後，當別人終於問起你時，

也總是說著：「沒事，我很好。」

其實我們都只是愛逞強而已，

我們會受傷，

會痛，

也怕沒有人在乎。

你總是處處替人著想

卻不說其實你也遍體鱗傷

儘管自己也受了傷，
卻總是擔心別人

自己都自顧不暇了，
卻還一直處處為他人著想。
辛苦了，
總是替別人撐傘的你，
明明內心也在下雨的。

搖搖說說：

每個人的感受
都要被在乎啊！

快樂是長大以後消失最快的東西

翻了翻以前的照片，

小時候以為我們人的情緒很簡單，

生活好像就僅僅只有開心、難過和生氣3種情緒。

長大後，

多的是失望、猜忌、無奈、嫉妒、不安、恐懼、

徬徨、挫折、無助、逼不得已，以及無法掙脫……

人的心好複雜，

複雜到快令人窒息，

為什麼長大是一件那麼困難的事。

跟你有相同興趣的人

其他各種類型的人

個性跟你合拍的人

好想
脫魯哦～

你的交友圈

你的理想型

交友圈太小，認識不了新朋友？

不滿意目前的交友圈，也不主動去認識新朋友，
安於現狀，卻總是抱怨嗎？

① 還是學生的話，可以先從參加社團活動開始，是個可以最
　 快、最方便，認識不同人的地方。
② 朋友們的聚會。如果朋友有要跟異性朋友出門，就去認識！
　 認識朋友的朋友也是一個不錯的選擇。
③ 或是去打工吧！可以多認識來自不同地方、不同年齡層的
　 人，互相交流。

嘗試去找到適合你認識朋友的方法。（個性比較內向、不擅於交
際的人，用交友軟體也行，但要小心自身安全喔！）
主要是想告訴大家，
在抱怨自己沒辦法脫魯之前，
先想想自己是不是「光想不去做」，
勇敢踏出目前的交友圈，多多去認識新朋友吧。

別把陪伴養成一種習慣

因為你不知道它什麼時候會消失

別把陪伴養成一種習慣

人總會走，
沒有誰能永遠陪伴著誰。
你可以習慣、也可以依賴，
但絕對要保有「 能自己一個人 」也不會崩塌的底線。
因為當你頓時失去重心時，
你才能好好的。
或許努力成為一個獨立的人，
就再也不怕誰離開。

請說說：

學著可以
自己一個人很重要。

有多少的關係是

你不主動、對方也不主動

就這樣慢慢淡掉的

主動其實很重要

或許一段形同陌路的關係就是：

沒有任何一方願意主動。

原本兩條各自的平行線因緣分有交集，

但卻少了經營而斷了關係。

看著曾經很要好的你們，

現在卻形同陌路，

你有你的生活，而我也有我的。

其實也可以套用到社交：

你認為對方會主動來找你講話，

對方卻認為你好像不想認識他。

或許就因為這樣，

錯過了可能能進一步的機會。

捲捲說說：

要維持感情
主動很重要啊！

堅強是很好

但希望你不是逞強，
更不是偽裝。

可以堅強，但不是偽裝

其實你也只是愛逞強而已，

會受傷，

會痛，

也怕沒有人在乎。

或許生活教會了你遇到挫折要堅強，

碰到打擊要挺住，

或許你也知道，沒有人能替你堅強，也沒有人能代替你勇敢。

漸漸地好像忘了，

人其實也有脆弱的一面。

堅強不是逞強，

希望你在面對生活給予你的難關時，是真的能夠撐住。

我們都要堅強，

但絕對不是假裝。

別去羨慕那些你沒有的

珍惜你擁有的:)

珍惜現在你所擁有的

人都是不滿足的，
會一直去執著得不到的，
卻忘記自己其實擁有很多了。
當個知足的人，
會快樂許多。

捲捲說說：

或許你擁有的，
是別人所渴望的。

笑一笑

沒有什麼是過不去的

笑一笑，沒有什麼是過不去的

欸！
笑一下啦。
雨過會天晴，
沒有什麼是過不去的，
之前的悲傷你都走過來了，
這次你一樣也可以的！
或許現在你的世界傾盆大雨，
但總有撥雲見日的那天。

或許有一天你會勇敢
去面對你一直在逃避的

比勇敢再更勇敢一點點

其實勇敢也只不過是更努力壓抑自己的害怕。
它不是信手拈來、也不會平空出現，
當你的害怕消失一點點了，
勇敢就會出現了。
先試著不要害怕吧！
等到哪一天，
你可以笑著訴說當年令你撕心裂肺的事，
又或者，
你一直以來不想面對的，現在也覺得沒有什麼了，
我想這就是勇敢。

如果可以
想對那時候的自己說
以後就算碰到再多的困難和挫折

也要記得努力保持快樂。

想回到過去，
跟那時候還快樂的自己說……

長大後其實會發現，

你會遇到很多老師上課沒說、課本上沒寫，

遇到問題沒有人教你該怎麼解決的事。

然而在面對生活給我們的種種挫折後，

快樂好像跟著被打敗了一樣。

小時候覺得長大比較快樂，

但往往都是在長大了之後，才發現小時候的快樂太天真了。

要記得喔！別把快樂弄不見了。

不小心搞丟了沒關係，

努力找回來就好。

搖搖說說：

就算生活令你
如此失望，也要記得
努力保持快樂喔！

人家都說快樂會傳染
我也想把快樂傳給正在傷心的你

快樂如果可以分享，
我想給身邊正在難過的你們

我把我的快樂傳染給你，

就別再傷心了，好不好：）

    ·

    ·

    ·

    ·

    ·

    ·

說聲好。

Chapter
< 3 >

因為有你，
我想變得更好

嘿！

努力成為一個更好的人

努力成為一個，更好的人

其實不用要求短時間內改變多少，

只要每天前進 0.01%，總比原地踏步好，

先從改變自己一點點開始。

或許你想讓身材變得更好，

今天就少喝一杯飲料、晚上睡前做幾下仰臥起坐；

或許你想提升自己的英文能力，今天就打開英文單字本，

背 10 個英文單字，再花個 10 分鐘，看看國外的影集。

每天都努力一點點，

慢慢的，也會變成很多很多。

但是萬事起頭難，懶惰總是來搗亂（單押 × 1），

當你下定決心，真的想讓自己變得更好的時候，

就已經是更好的人了。

突然好想你。

突然好想你

走在路上，
看到你喜歡的東西，
會不自覺地想到你。
我在想或許這就是所謂的喜歡吧。
三島由紀夫說過一句話：
「喜歡一個人一定要讓他知道，並不是為了要他報答，
而是怕他在往後黑暗的日子裡，否定自己的時候，
想起這世界上還有人這麼地愛他，他並非一無是處。」
好希望我的喜歡，
能帶給你溫暖。

有一種美好就是

己讀 欸

己讀 我喜歡你

我也是

我喜歡的 你剛好也喜歡。

我喜歡你，
你也喜歡我嗎？

如果可以，

我願意把我此生一半的幸運，

用在讓喜歡的人剛好也喜歡自己。

到底這是一件多幸運、多美好的事？

不是有句話說：

「相愛容易，相處難」嗎？

.

.

.

.

.

.

但是，

相愛到底哪裡容易了?!（怒）

如果這世界上能有一個程式
能知道我喜歡的人是不是也喜歡我
該有多好

他喜歡我嗎？
APP

你的名字：|

他的名字：

確認

這樣我他媽就不用那麼心煩了。

好想知道，
你到底喜不喜歡我？

每次一有震動聲，都會期待傳來的是他的訊息。

妳會想了解他的過去、想知道他的喜好，

他的IG、FB看了幾遍又幾遍、翻了又翻，

搜尋的第一個總會是他的名字，

好想知道他現在在做什麼，跟誰出去。

其實我們明明都知道，很多時候，他並不是那麼在乎妳，

但卻會因為一些看似有可能的跡象，

而忽略了他其實沒那麼喜歡妳的事實。

妳知道的，他並不喜歡，

但心裡卻總是抱持著那麼一點點的可能，

期待他能符合的期待。

撒嬌說說：

真的喜歡妳的人，
妳一定能感受得到。

暗戀一個人的辛苦

① 會因為他的一句話
影響一整天的心情

② 想他的時候
卻沒有理由能找他

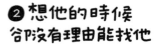

③ 看到他和別的女生好
卻沒有吃醋的權力

④ 害怕一切都是自作多情
沒有告白的勇氣

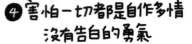

如果可以，可不可以你也喜歡我

暗戀很好，可以不用害怕失去對方，
可以因為對方的一句話而開心一整天，
可以因為有他在，而有繼續下去的動力，
可以因為他而想要變得更好，
也或許可以每天都過得很開心，
因為喜歡一個人本身就是件美好的事情。

但可惜的是，
很多話你說不出口，
很多事你沒有立場去詢問，
很多時候因為他的一些無心或無意，讓你一整天患得患失，
還有很多很多時候，你的心酸他不知道。

啊，
好想趕快跟你說我的喜歡，
好讓我趕快死心，
或是讓我們趕快在一起。

總是貪心的希望

自己的存在 對他而言
會有那麼一點點的不一樣

好希望我是最特別的存在

總是會抱著那麼一絲絲的期待，
希望自己在他的眼中，
會是比較不一樣的那個。
儘管再小的事情也好，
對他而言，
只要我和別的女生有那麼一點不一樣的話，該有多好。
好想當他最特別的存在。

或許喜歡上一個人

都會有種本領

就是你總能在茫茫人海中找到他

在你眼裡，
他總是你的目光

其實要知道有沒有喜歡一個人很簡單，

你會不時地在人群中尋找著他的身影，

在有他的相片裡，

在有他的畫面中，

尋找他。

在你的眼中，

他就是最耀眼的那顆星星啊。（好討厭，好想跟他在一起喔！）

當你喜歡的人回傳訊息時

看似在滑手機
其實在等訊息

滑
滑

啊~他回我了!!

彈起來

總是會刻意的等幾分鐘才回

明明已經
看到了

等一下再回好了

因為是你，
才能左右我的心情

努力變得更好，只是為了想更配得上他；
臉書打卡，只是想讓他知道自己在哪裡；
改了LINE的個性簽名，只是為了秀給他看；
分享某篇文章，希望他可以更了解我，
po文，想讓他知道我現在很開心，
po文，想讓他知道我現在很難過……
有時做一件事，
並不是自己真的想要做，
而是想被那個人多注意一點而已。

很容易為小事失望

卻也常常因小事而滿足

很容易滿足，
卻也容易受傷

常常覺得我是一個很簡單的人，
給我一顆糖吃，
就會開心得跟小朋友一樣；
冷落了我一下，
表情都全寫在臉上。
就算發誓再也不主動找你了，
但只要你的訊息一傳過來，
剛剛說過的話好像就不算數了。
其實不知道這樣到底好不好，
容易讓人了解，
卻也太容易被看穿。

單身時總列了好多男朋友的條件

男友理想型
1. 要帥 💢
2. 幽默
3. 身高 180 cm ✨
4. 比我聰明

但當感覺來了

條件什麼的，好像都不重要了

不帥 →
沒有 180 →
還比我笨 →

但還是
很喜歡他

交往對象的條件

因為你還沒真正愛上一個人，
條件是你幻想出來的模樣。
儘管在之前，你預設了很多你想要的標準，
但真的當那麼一個人出現時，
當初的任何條件都不用符合了。
因為你就是喜歡，
你喜歡的，就是他的全部，
儘管他任性得像小孩、討厭得令人厭世。
喜歡他，真的沒有什麼原因。
常常會想，要不是因為喜歡，
很多很多的缺點，我一定沒辦法接受！
但全是因為愛，
才能包容他的種種不完美。

我能想到最浪漫的事

不是多麼轟轟烈烈的愛情

而是和你一起慢慢變老

能不能談一場不要分手的戀愛

這次牽起來，
就不要放手了，好不好？
有天晚上在走回家的路上，
看到一對情侶走在我前面，
習慣低頭走路的我，
看著他們下半身的裝扮，以為是對年輕恩愛的情侶，
好奇心使然，我抬頭一看，
居然是對白髮蒼蒼的老夫老妻，
有說有笑的，
還緊緊牽著彼此的手。
我想，幸福不就是這樣嗎？
數十年過後，
旁邊的人依舊是你年輕時緊緊把你牽住的人。

其實常常很羨慕有另一半的人

難過的時候有人陪

想哭的時候有人靠

徬徨無助的時候有人找

跟你說喔...

壓力大的時候有人聽你說

其實常常羨慕有另一半的人

不知道你會不會常常覺得，
很多事情沒辦法跟家人訴說，
又怕朋友無法負擔你那麼多的負面情緒，
只能一個人承受。
難過、傷心的時候，總是一個人，
找不到有誰可以依靠。

捲說說：

獨立久了，
也是很寂寞的。

喜歡上一個人
若不積極主動

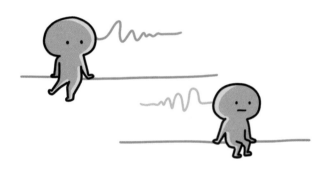

你和他就只會是兩條平行線

別總是被動的讓愛情來找你

你一定有聽過一句話：「感情講究的就是緣分」，

錯，緣分是靠自己爭取的！

這麼說好了，

如果你有一個很想認識的對象，

但你們彼此的生活圈沒什麼交集，

卻又想跟他有進一步的發展。

你還在被動地等待「緣分」嗎？

我雖然曾經也幻想過，但我們又不是偶像劇的男女主角！

說巧遇就巧遇、說見面就不小心見到面，

說英雄救美就給他救喔！

我們長得也不美啊！（喂）

我們不是偶像劇的男女主角，長得也沒特別好看，

緣分是在偶像劇裡，才會像你家廚房的蟑螂一樣不斷出現！

若你真要想認識一個人，

那就勇敢跨出一小步，讓你們之間有些交集，

緣分才會出現。

好啦，除非你去拍偶像劇。

當有一個人
對你好的時候

千萬別急著動心

你要想想看
他是不是對其他人也一樣好

你是他的唯一，還是其中之一？

妳覺得妳是他的唯一，
但妳可能只是他的眾多之一而已。
很多時候在決定愛上一個人以前，
你得要先觀察，
那個人對你的好、對你的溫柔、對你的體貼，
是不是只有你最特別？
還是其實對大家都一樣？
在那之前，千萬不要輕易把心交出去，
我怕你受傷呀。
動了心後才發現，
他變成了你的全世界。
但在他的世界裡，你可有可無，
離開了，他也不會覺得不捨。

男生不經意卻會讓女生誤會的舉動

① 機車斜一邊讓女生上車

② 讓女生走內側道

妳走裡面

③ 要妳報備安全

到家跟我說

要記得

④ 幫女生提重物

我來．

別因為一些舉動而誤會他喜歡妳

妳在分辨喜歡的男生，
是不是也對妳有好感的時候，
要注意的是，對方的一些舉動，
是基於紳士的禮貌行為，
還是真的是對妳有意思，
只要去觀察、想一個問題就好：
他是只對妳這樣？
還是對別人也這樣？
而不是傻呼呼地一頭熱就陷下去了。
到頭來受傷的只會是自己喔！

有時候心情會突然 低落到一個不行
而且久久無法自拔。

好怕自己就再也好不起來了

每次都很怕難過來找我，
怕從此就再也沒辦法快樂，
再也好不起來了。

跟自己說說：

快樂可以來的很簡單，
也可以走的很突然。

你不會永遠在低潮

就像天空不會一直下雨一樣 :)

相信我，你不會永遠在低潮

在低潮的時候，
你總會以為你的世界永遠都在下雨。
但你要知道，
天空不會永遠在哭泣，
就像你不會一直在低潮一樣。
或許你會遇到像颱風那樣的暴雨，或是像5月那樣的梅雨，
悲傷的時間或許長了一點，
難過的程度或許沉重了一點，
但請繼續撐住，
你會放晴天的。

自從你走了以後

好像就再也沒有人進得來了

害怕受傷，再也不敢去愛了

很多人在愛情裡受過傷後，
不是很難敞開心房，再讓別人住進來，
就是沒辦法百分百地再對一個人付出真心了。
不是放不下，
而是害怕再次受到傷害。

捲 說說：
就像被蛇咬過以後，
就很害怕叢林。

如果可以

就這樣好好的

一直到永遠，好不好

感情不會永遠轟轟烈烈

感情不會永遠處在高溫，

或許剛開始是滾燙、是沸騰，

時間久了，你會開始懷念當初悸動的感覺。

感情不可能一直處於激情四射的火花中，

其實它就像一杯白開水，平淡無味，可是卻不能沒有它。

這世界上應該沒有任何事情，

是經過時間的洗禮後還不會改變的。

其實，平淡無奇的日常，已經是最幸福的生活了。

能在浩瀚世界70幾億人口中，

遇到與自己相愛之人，

是多麼地不容易。

如果可以，我們就這樣一直好好的下去，好不好？

上午1:02
已讀 要珍惜現在對你好的人

為什麼？ 上午1:02

上午1:02
已讀 沒有誰能夠永遠對誰好

沒有誰能夠永遠對誰好

愛其實是有賞味期限的，
包容是，耐心也是。
別以為對方的愛是理所當然，
因為沒有誰能夠永遠對誰好。
愛會被任性磨光，
珍惜並且用對方能接受的方式去愛他，
而不是自以為為他好的方式。
如果對方無法接受，就不是為他好。
唯有相互付出、彼此體諒，
愛才能維持下去。

累了就休息，

沒關係的！！！

累了就休息吧！

覺得累了沒關係，
想休息的時候就休息，
該努力的時候好好努力就行了。
因為人生是你自己的啊，不是競賽，
更不用一直和別人比較。
擁有自己的步調，儘管走得很慢沒關係，
知道自己有在前進，就可以了。
好好充個電，
拍拍現在狀況不好的自己，
下一次，再打起精神就好了。

充電

難過的時候，
生活遇到挫折的時候，
徬徨無助的時候，
好像這世界上只有你的擁抱，
能讓一切煙消雲散。
抱一下，
我就好了。
抱一下，
又能重新面對和振作了。

最棒的感情不是無時無刻黏在一起
而是當你需要他的時候

他在。

總有那麼一個人，你一定找得到

或許平常不太常聊天，
也不是天天見面，
但當你需要他的時候，
你知道，
他總是會在，
而且一直都在。
謝謝，還有你。
在我最需要的時候。

只要原本跟我還不錯的男生

被我發現他對我有好感

我就會想慢慢疏遠他

性單戀

別別別！別喜歡我啊。

「可以跟我好，但不能喜歡我！」

但也有可能只是因為對方不是自己的菜而已（小聲），

這個人他可以當朋友，但不能當情人。

因為我知道我對這個人沒有「好感」，

所以退縮其實是正常的，

因為怕自己無法回應對方的「感情」，

與其繼續當朋友，不如主動退縮。

因為害怕沒辦法承擔、害怕會造成無形壓力。

沒辦法若無其事地和他繼續要好，因為擔心對方會誤會。

其實這種情況也有可能是「性單戀」，

但我應該不是這種情況，

所以就不贅述了。

搶話說說：

大家可以上網查查
「性單戀」喔！

其實單身並沒有不好

至少不用經歷失戀和分手的痛苦

失戀的痛苦

追蹤我一陣子的讀者，
一定知道我是個母胎單身 22 年的臭魯蛇
（嗚嗚嗚，我才沒有哭！）
但偶爾到了一些的節日，難免還是覺得有點孤單。
前陣子趁著畢業分手潮，
我也看到了許多交往 3、4 年的情侶分分分手了
（這不是口吃），
看到他們因為分手而過得很不好的樣子，
突然有個念頭：
還好，至少我現在單身，不用經歷那種失戀的痛苦。
這也是能安慰自己沒人愛的小確幸吧。
（再強調一次我沒有哭喔，嗚嗚嗚）

橘子說說：

單身有單身的好，
有伴也有有伴的好！

當你想念一個人

卻什麼也不能做時。

想你，但再也不主動找你了

因為妳知道妳沒有立場去找他，
沒有太多的藉口去密他，
總覺得像是熱臉貼冷屁股一樣，
話題總是妳在開，
就只是為了能維持一段有來有往的對話關係。
妳知道妳在強求，
也或許真的是，
但妳下定決心再也不要總是當主動的那方了。
後來妳會發現，妳不去找他，
他也不會來找妳。

我想你，
但不會再找你了。

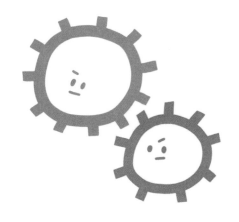

感情就是要慢慢磨合
才會越來越堅強

沒有天生合得來的兩個人

東西壞掉了，
不是把它丟掉，而是修理。
老一輩的人，
東西可以用很久很久，
但現在的人，
東西壞了，就去買一個新的。
感情也是一樣。
天底下絕對沒有完完全全適合的兩個人，
只有相互理解的兩個人。
別因為小事而輕易地離開對方，
人與人總是要經過磨合，
才會讓彼此的心更加堅定的呀！

維持感情是兩個人的事

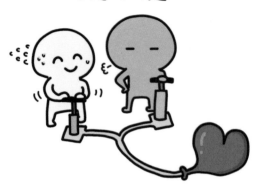

若只剩一個人在努力的話

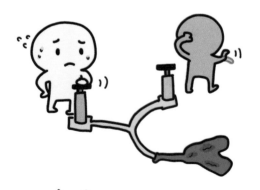

它會消失不見的

維持感情是兩個人的責任

再沸騰的熱水不去加溫，放久了還是會涼掉。

經營感情也是一樣，

有些人總是很不以為然地覺得自己的另一半不會跑走，

時常把心力拿去忙其他的事而忽略了對方，

關心少了，熱情也跟著減了，

久了才去怪對方怎麼劈了腿、怎麼變了心？

你有想過嗎？

一段感情會淡掉，往往就是缺乏經營。

兩人能相遇不容易，相愛更是難，

一段堅固而恆溫的感情，是需要經營的。

糖說說：

感情是兩個人的事，
維持也是 ☺

別老是愁眉苦臉嘛！

搞不好哪天就有人會
因為你的笑容☺而愛上你♡

別因為哭泣，
而錯失了愛上你笑容的人

\\

「 Never frown, because you never know
who is falling in love with your smile. 」

這是一句我很喜歡的英文句子，
意思大概是在說，即使難過了也不要愁眉苦臉，
因為你不會知道，
什麼時候，會有那麼一個人因為你的笑容，而愛上你。
要笑，知道嗎？
每個笑容背後都有故事，
有人是發自內心的笑，
而有人是為了想得到快樂而笑。
笑容是你面對難過和挫折時，保護你的最後堅強。

很多時候，
我們必須把對方放在過去

帶著回憶

然後繼續勇敢的向前走。

...

放下，然後往前

想分享一段話給正在失戀或是被迫得放下一個人的你們，
宮崎駿在《 魔法公主 》裡面說了一句話：
「 不管你曾經被傷害得多深，
總會有一個人的出現，
讓你原諒之前生活對你所有的刁難。」
曾經以為對方會是陪我走到最後的人，
總是在愛情裡跌跌撞撞、步履蹣跚，
每次下定決心不要再受傷時，卻又搞得遍體鱗傷。
嘿，總有一天，
他會在你最脆弱的時候，
走到你面前，給你最好的溫柔，
並且一心一意的對待你。

如果做每件事
都要顧慮到以後

那你是沒辦法快樂的。

把握當下的幸福快樂就好

我有很多朋友在上一段感情中被傷得很深很深，

因此，當下一個令他心動的對象出現時，

就不敢再把心交出去，

因為他怕了，不敢再去愛了。

親愛的，那你告訴我，

害怕失去要怎麼得到幸福？

明知道談戀愛到頭來的結果會是分手，

那就從此不要談戀愛了嗎？

與其擔心未來會發生什麼事，

不如把握當下，

此時此刻的你是幸福、是快樂的，才是最重要的。

捲說說：

其實很多事都一樣，
以後的事
以後再來煩惱吧。

總會有那麼一個人
能知道你在想什麼、
注意你的情緒變化、
關心你的身體健康，

而且

你能體會到，被愛的感覺。

總會有人來愛你的

總有一天，你一定會遇到，

珍惜你的優點、擁抱你的缺點的人。

他會喜歡你，因為你就是那個世界上獨一無二的人。

不用為了誰而改變自己，

不用迎合誰，而成全。

你不再卑微，不再覺得委屈，

因為你那麼好！對吧：）

在那個人出現之前，

我們都要努力成為更好的人，

那麼好的你，值得最好的人對待。

別怕沒有人愛你
只是懂得珍惜的人還沒與你相遇

畢竟你那麼好,對吧:)

你那麼好，一定值得更好的人

老天爺一定會讓你在最美的時期，
讓最溫柔的人，出現在你面前。
你會不在乎以前受過多少的傷，
因為最好的已經出現。
因為你那麼好，一定值得更好的人。
所以在那之前，
你要先好好愛自己、充實自己的生活，
用那些等他回訊息的時間，用那些哭泣的時間，
讓自己成為更好的人。
你要好好的玩，盡情的快樂。

捲捲說說：

每個人都值得最好的。

沒事的，別哭了！

沒事的，不要哭了。
人生總會遇到一些困難，
總會在深夜裡突然心情低落，
總會在孤單一人的時候覺得徬徨無助。
每一次的哭泣，
都是在等待下一個破涕而笑的到來。
沒有人永遠是快樂的，
有悲傷的存在，
才能襯托出快樂的重要性。
悲傷可以，哭泣也可以，
每個人都有悲觀的權利。
你只要記得，
最後會好好的就好了。

摸摸說說：

會好的。

國家圖書館出版品預行編目資料

把快樂分享給傷心的你 / 捲捲作. -- 初版. -- 臺北
市：平裝本, 2020.06
　面；　　公分. --（平裝本叢書；第506種）(散.漫
部落；25)
ISBN 978-986-98906-1-8(平裝)

863.55　　　　　　　　　　　　　　109005310

平裝本叢書第506種

散・漫部落 25

把快樂分享給傷心的你

作　　者—捲捲
發 行 人—平雲
出版發行—平裝本出版有限公司
　　　　　台北市敦化北路120巷50號
　　　　　電話◎ 02-27168888
　　　　　郵撥帳號◎ 18999606號
　　　　　皇冠出版社(香港)有限公司
　　　　　香港上環文咸東街50號寶恒商業中心
　　　　　23樓2301-3室
　　　　　電話◎ 2529-1778　傳真◎ 2527-0904
總 編 輯—龔橞甄
責任編輯—謝恩臨
美術設計—嚴昱琳
著作完成日期— 2020年03月
初版一刷日期— 2020年06月

法律顧問—王惠光律師
有著作權 ・ 翻印必究
如有破損或裝訂錯誤，請寄回本社更換
讀者服務傳真專線◎ 02-27150507
電腦編號◎ 510025
ISBN ◎ 978-986-98906-1-8
Printed in Taiwan
本書定價◎新台幣320元 / 港幣107元

● 皇冠讀樂網：www.crown.com.tw
● 皇冠 Facebook：www.facebook.com/crownbook
● 皇冠 Instagram：www.instagram.com/crownbook1954
● 小王子的編輯夢：crownbook.pixnet.net/blog